JN219212

とみ子發句集

とみ子發句集——目次

遺稿 とみ子發句集

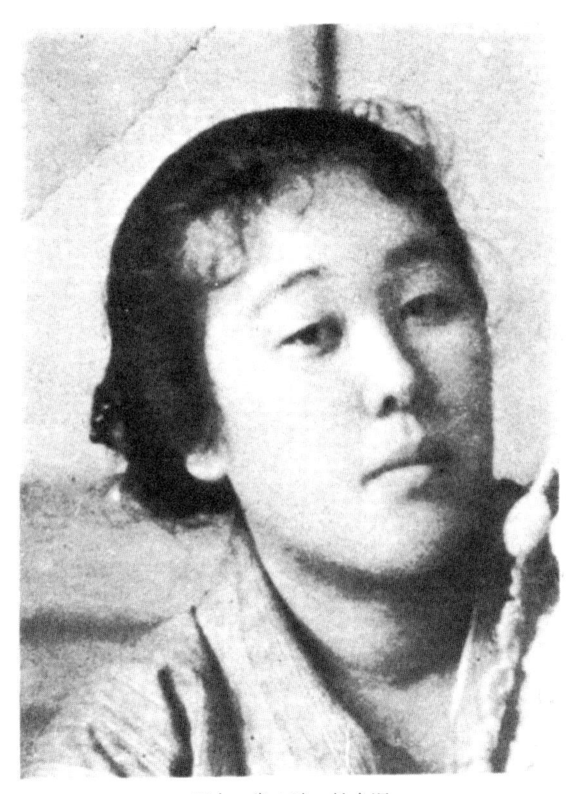

三十一歳の時　於金沢

引

病臥二十一年間の日記、手帳、覚書、書簡等からの百数十句を抄出、前集「しぐれ抄」(昭和十四年発行)からの全部の発句を併せて、本集に九十五句を選出集録した。同曲類句はこれを省いて成るべく判りやすい句を抜いた。

この発句集は生前に発行の話も出てゐたが、私情を加えて故人の本意を汲み、先きの「しぐれ抄」と同じ装本にした。辭世の句は、最近の句で偶然に世を去る一句となつたのである。

(犀星記す)

目

世を去る

おもゆのみたべをへしあとのいく日ぞ　とみ子

春（はる）

はる

春寺の魚板のまなこくぼみたり

松ケ枝もくれのこる春のけしきかな

くさだんごたべをへしあとの春のあめ

春夜

春おぼろえん日の灯のまたたける

あたたか

あたたかにとくさの春の枯れにけり

しじみ

ひつそりと猫眠りけり蜆汁

春の潮

あげ潮に灯のまたたけり幕のあひ

はるかぜ

春かぜに葱の甘皮はがれけり

春の水

春のみづめだか三匹のこりけり

長閑

かし鳥とものいひかはし長閑なる

椿

おち椿墓をうづめてくちにけり

鎌倉の小杉天外氏の庭

笹がにの這ひづる径のよめなかな

方月寺宗達の墓を詣でて

庫裡の戸に虫の這ひゐる小春かな

芹

白足袋のうすよごれたる野芹かな

菜の花

雨あしのかさにとどかぬ菜花かな

あやめ

くもり日のつづくもうしやあやめ咲く

子とともに字を習ひをりあやめ咲く

花あやめ葉さきは雨のおくところ

あやめ

庭石にあやめの宴もつくらるる

左の手もどかしげなりあやめ咲く

あせびの花

夕あせびえうらくの花白う垂れ

つわの花

つわの花加賀人形も売る店ぞ

花

石段の花ふみよけて登りけり

くちなし

くちなしに懐紙（かみ）をあてがひもどりけり

桐の花

ふりあふぐ若き芽のあり桐の花

駒鳥

駒どりに明けゆく木々の梢かな

春こたつ

黄水仙春のこたつのぬくとさよ

ゆくはる

荒みゆく波のほたちもゆく春ぞ

はるさむ

春寒の身にしむ芝居もどりけり

夏（なつ）

梅雨

つゆくらし松はみな枝をくみかはし

霧雨に今日も山見ずくれにけり

つゆ

車前草に夕つゆ早き森を出し

青梅

青梅のひびきて屋根におちにけり

蛙

小雨ふり遠のくままのはつ蛙

山居

侘しとも思ふことなき夕かな

松の花

縁のつや松の花粉にくもりけり

薄暮　前進座初日

ひとえをび着くづれなはす薄暑かな

築地小亭

鷭の脚しづかにうごく梅雨のひま

葱

雑炊にうかびし葱も煙雨かな

ほととぎす

ほととぎすうつつにききてこもりゐる

うづら

親と来て水あびあびるうづらの子

ひぐらし

追分やあまつひぐらし山やけぬ

りす

栗鼠のゐてくるみ抱きゐる山路かな

蟲

はんかちの中で虫なく秋近し

蟲

はかなさは雨夜の虫をきくにこそ

かまきり

かまきりのおとろえみせつ垣のひま

蝶

つくばひにすれすれとぶや蝶のあし

夏の山

幽かさや山の夕餉に灯の入りつ

暑さ

焼砂の肌にまつはるあつさかな

松のやにながれしままのあつさかな

夏の庭

花つける泉もありて夏の庭

もくげ

白もくげ咲く道人と別れけり

夕がほ

夕がほの咲きいでしままくれにけり

月

夕がほの花よりあをき月出でぬ

にんじん

にんじんの葉さきけむれる月夜かな

すすき

谷水も涸れしままなるすすきかな

朴の花

きつね飼ふ身のあはれさよ朴の咲く

秋近し

栗鼠も来て土はしたしや秋近き

秋(あき)

秋祭

峠路のさびしき秋のまつりかな

秋の花

ふくろうのしばしば鳴くもわびしけれ

秋雨

渡舟（わたし）にも猫なきをりて秋雨かな

拓榴

ざくろの実ひとつびとつがこぼれけり

落葉

落葉たく火の匂ひけり寺隣

椎落葉

かさこそよまたかさこそよ椎落葉

もみじ

いつのまやいたやもみぢの花失せて

菊

眉のえに菊のあかりのさしにけり

秋惜しむ

ひねもすを縁にたたずみ秋惜しむ

冬（ふゆ）

しぐれ

花蓼のしぐるる野みちつづきけり

縁下駄に山のしぐれのかかりけり

菜をまびくをみなに寒きしぐれかな

しぐれ

厨にてひなめく魚もしぐれかな

いとし子の墓ある寺のしぐれかな

鮒をやく匂ひにぬくきしぐれかな

栗

栗のいがおちこむ寺のしぐれかな

わが家には行燈をともして眠るしきたりのあれば

行燈の灯消えのこり年のくれ

冬隣

ほしもののはためきの鋭(と)き冬どなり

家郷より寒の鰤一本送り来る

くりやにて鰤おろしたりみぞれふる

寒の入

鳥籠の水こほりけり寒の入り

折口先生より能祭の蠣蛎おくらる

夏あはれ蠣蛎のもぐさのしをれつつ

わびすけ

わびすけやおくりむかへる女客

猫柳

おこたつにあたるうつそみ猫柳

余寒

よき衣をぬひそびれたる余寒かな

余寒

ほろにがき蕗まゐらする余寒かな

冬来

いく夜さをいねがてになり冬来る

冬野

うそ寒きくもかげおとす野づらかな

りんご

りんご汁たべをへしままねむりけり

りんごの実たべをへしますつぱくて

日永

半熟の卵永き日たべをへし

春寒

墓石の沈めるを見つ寒の入り

偶感

二十年生きのびし人あはれなり

婚儀に寄せて

梅の花髪すきてあれば匂ひけり

小春

こもり居れば小鳥もしたし冬うらら

冬すみれ

ほそぼそと冬のすみれの咲きにけり

こたつ

臘梅や時計にとはき炬燵の間

とみ子発句集　終

室生とみ子年譜

明治二十八年（一八九五年）　一歳
七月十日　宮城小三郎、きくの次女として金沢市新堅町三丁目に生る。
明治三十五年（一九〇二年）　八歳
四月一日　金沢市立新堅町尋常小学校に入学。四年間を通じて、学業優等操行善良、健康、体格ともに優秀。この点は上級の学校に進んで更に変らなかつた。
明治三十九年（一九〇六年）　十二歳
三月二十八日　小学校を卒業。
四月一日　金沢市立高岡高等小学校に入学。
十一月二十八日　実姉、浅川豊の養女となり、爾後浅川姓をなのる。
明治四十三年（一九一〇年）　十六歳
三月二十八日　高等小学校を卒業。

四月十日　金沢市私立金城女学校に入学。
明治四十五年　大正元年（一九一二年）　十八歳
一月十三日　石川県管内に於ける、尋常小学校準教員の免許を受く。
七月二十九日　同上、小学校本科正教員の免許を受く。
八月三十一日　金沢市私立金城女学校を退学。
九月二十日　石川県鹿島郡七尾女児尋常高等小学校訓導として、七尾に赴任す。
大正三年（一九一四年）　十九歳
九月十九日　金沢市新堅町尋常小学校訓導に転任。金沢に帰る。
この頃より音楽に趣味深く、文学を愛好し北陸毎日新聞、北国毎日新聞の文芸欄に投稿。その他、金沢で発行の「遍路」に短歌を投ず。
大正六年（一九一七年）　二十二歳
九月二十七日　たまたまかねて文通中の室生犀星が、養父真乗の葬儀のために帰国中を、そのもとめにより、犀川桜橋の橋畔に初めて会い、結婚を約す。

大正七年（一九一八年）　二十三歳
二月十六日　室生犀星と結婚の式を挙ぐ。同日附を以て、生徒、父兄ら哀惜のうちに職を退き上京す。
大正十年（一九二一年）　二十六歳
五月二十七日　長男豹太郎生る。
大正十一年（一九二二年）　二十七歳
六月二十四日　長男豹太郎を失う。
大正十二年（一九二三年）　二十八歳
八月二十七日　長女朝子生る。
九月一日の関東大震災により十月金沢に移る。
大正十四年（一九二五年）　三十歳
二月　上京。田端に居を定む。
大正十五年（一九二六年）
九月十一日　次男朝巳生る。
昭和十三年（一九三八年）　四十三歳

十一月十三日　脳溢血にて倒る。やや小康を得てより、その最後の日まで句作に従う。

昭和十四年（一九三九年）　四十四歳

十一月十五日　第一句集「しぐれ抄」を百部限定出版。

昭和三十四年（一九五九年）　六十四歳

十月十八日　午後九時三十六分、逝去。

昭和三十五年三月一日　印刷
昭和三十五年三月五日　発行

私家版頒布

著者　室生とみ子
東京都大田区馬込町東三ノ七六三
発行者　室生犀星
東京都千代田区神田美土代町二八
印刷者　萩原毅

とみ子
発句集

限定二百五拾冊ノ内　第二三七冊

発行所
東京都大田区馬込町東三ノ七六三
室生とみ子遺著編集所

李青社印刷　戸田製本

解　説

『とみ子發句集』の成立

『とみ子發句集』（室生とみ子遺著編集所、昭和三十五年三月）は、昭和三十四年（一九五九）十月十八日に他界した妻とみ子の句集を、室生犀星を発行者として、昭和三十五年三月五日に二百五十部作成したものである。扉に「遺稿とみ子發句集」と記されている。冒頭に「世を去る」として、

　おもゆのみたべをへしあとのいく日ぞ　　とみ子

という、悲愁漂う句が置かれ、この句も含めて九十五句が収録されている。

犀星は、巻頭に「病臥二十一年間の日記、手帳、覚書、書簡等からの百数十句を抄出、前集「しぐれ抄」（昭和十四年発行）からの全部の発句を併せて、本集に九十五句を選出集録した」が「同曲類句はこれを省いたと記す。そして「私情を加えて故人の本意を汲み、先きの「しぐれ抄」と同じ装本にした。辞世の句は、最近の句で偶然に世を去る一句となつたのである」と記している。

辞世の句は、読む側の悲愁感とは別に、とみ子の人生を達観した静謐な姿と共に、爽やかささえ感じられる見事さがある。

小動物への眼

とみ子は、小動物や草花に優しい視線を注ぎ続けた人であった。『とみ子發句集』には、そうした小動物に対するとみ子の姿勢を随所に感じ取ることができる。「しじみ」という題で、

　ひつそりと猫眠りけり蜆汁

の句。猫といえば、「秋雨」と題して、

　渡舟（わたし）にも猫なきをりて秋雨かな

の句がある。室生朝子の『雪の墓』（冬樹社、昭和四十八年）には「無類の猫好きな母」という文章が見える。朝子が編んだとみ子の遺稿集『ひるがほ抄』（「ひるがほ抄」編輯所、昭和四十一年三月）にも、猫や犬についての随想が見える。愛犬が狂犬病を恐れる何者かに毒殺されたとき、とみ子は泣いて「眼が赤くたゞれるまで泣」いたといい、猫のハブが死にかかったとき「なみだが茫然とおちて、止めどもなく――」と記す。この心優しさ――これが室生とみ子の人柄である。

　春のみづめだか三匹のこりけり
　小雨ふり遠のくままのはつ蛙
　ほととぎすうつつにききてこもりゐる
　親と来て水あびあびるうづらの子
　栗鼠のゐてくるみ抱きゐる山路かな
　かまきりのおとろえみせつ垣のひま

つくばひにすれすれとぶや蝶のあし

右の句には、めだか・蛙・ほとどきす・うづら（鶉）・栗鼠・かまきり・蝶が詠まれている。しかも、かまきりの句は、死期が迫っている姿を鋭く見て取っている。そして、「秋の花」と題する、

ふくろうのしばしば鳴くもわびしけれ

の句には、作者の心の寂寥を感じる。

花の句

花の句が多い。「菜の花」と題して、つぎの句。

雨あしのかさにとどかぬ菜花かな

あやめの花が好きなのか、続く曇り日を「うし」（憂し）と感じて、

くもり日のつづくもうしやあやめ咲く

と詠む。曇り日が続く中、咲くあやめに心癒されたのであろう。

子とともに字を習ひをりあやめ咲く
花あやめ葉さきは雨のおくところ
庭石にあやめの宴もつくらるる
左の手もどかしげなりあやめ咲く

という、あやめを詠んだ句の数々。「左の手もどかしげ」という表現が哀しい。他に、つわの花・くちなしの花・桐の花・もくげ・夕がほ・菊・わびすけの句が見える。

寂寥感

とみ子の句は、長い病床生活とも関連しているのであろうか、「椿」と題する、心の寂寥感をうかがわせる作品が見える。

　おち椿墓をうづめてくちにけり

の句や、「もみじ(ママ)」と題する、

　いつのまやいたやもみぢの花失せて

の句には、季節の推移を示しながら、やはり作者の寂寥感が投影しているようである。寂寥といえば、

　いとし子の墓ある寺のしぐれかな

という句は、「いとし子」というのだから、大正十一年に死去した長男豹太郎の「墓のある寺」であろうか。そして、「ほととぎす」と題する、

　ほととぎすうつつにききてこもりゐる

の句。「蟲」と題する、

　はかなさは雨夜の虫をきくにこそ

「すすき」と題する、

　谷水も涸れしままなるすすきかな

「秋祭」と題する、

　峠路のさびしき秋のまつりかな

「秋の花」と題する、

　ふくろうのしばしば鳴くもわびしけれ

などの句には、「こもりゐる」・「はかなさ」・「涸れしままなるすすき」・「さびしき」・「わびしけれ」という言葉が示すように、作者の心の静けさとは別に寂寥を感じるものがある。

しかしながら、「つわの花」と題する、

　つわの花加賀人形も売る店ぞ

には力強さを感じ、信濃の追分を舞台とする、「ひぐらし」の題が付く、

　追分やあまつひぐらし山やけぬ

は集中の秀句といえ、一枚の見事な絵を見る思いがする。

『ひるがほ抄』

とみ子の遺稿集『ひるがほ抄』の中には、『とみ子發句集』に収録されている句もあるが、次のような句が見える。（　）内に記しているものは、その句が示されている『ひるがほ抄』中の随想名、（句集）と記したのは『とみ子發句集』に収録されているものである。

　てつせん花障子のやぶれ古びけり　（「てつせんの花」）

　つくばひの雪のしたこそあはれなり　（「ゆきのした」）

　道のべのうつぎはたれて薄暮かな　（「軽井沢途上」）

　軒にきて朽葉を流す山の雨　（同右）

幽かさや山の夕餉に燈の入りて　（同右、句集）
つゆくらし梅はみな枝をくみかはし　（「ひとたびかへりて」）
青梅のひびきて屋根におちにけり　（同右、句集）
駒どりに明けゆく木々の梢かな　（同右、句集）
すぎ苔の水打てば立つ秋近し　（「軽井沢山荘」）
裏山やきつつきたゝく木のうつろ　（同右）
焼砂の肌にまつはるあつさかな　（「浅間山爆発」、句集）
夕立はじく降砂は樋をつまらしぬ　（同右）

一日沓掛に山女魚を釣りに

水沢辺にひねもすなくやほととぎす　（同右）
荒みゆく波のほだちもゆく春ぞ　（「波の穂だち」、句集）
奥津城や若葉に映えて小鳥なく　（同右）
貝ざいくうる寺ありて若葉かな　（同右）
遊覧バス若葉をおいてとほりけり　（同右）
雲あしのかさにとどかぬ菜花かな　（同右）（引用は新漢字を使用した）

などの句が見える。

『ひるがほ抄』は、一篇一篇が概して短文であるが、とみ子の心優しさが滲み出ており、美しい童話の世界に身を置いている気持にさせられる。時に、童女の書いたメルヘンの感もある。滋味溢れる作品集である。

室生とみ子のこと

佐藤春夫は、「新潮」大正九年七月号の「室生犀星氏の印象」で「淋しく、静かに、冷く、重く、然も楽し」と題して、「室生君の家庭は僕の知る限りの家庭のうちで、落着いて調和があつて真に程よく幸福さうなものの第一である。」と述べていた。佐藤のこの表現に、室生夫妻の日々を偲ぶことができる。

室生とみ子は、多くの人から親しまれ、好感を持たれていた。室生朝子は、『父犀星と軽井沢』（毎日新聞社、昭和六十二年）で、昭和十三年時は「あらゆる意味でわが家は平和で倖せであった」と記したのち、

母は私達を厳しく躾けたが優しく、俳句を作り犀星の客には手料理を作り、庭の手入れや水まきなども、お手伝いさんを指図しながらこまめに動いていた。このような生活の中で、十一月の十三日の朝、突然に不幸が舞いこんで来た。母は四十四歳の若さであったが、なぜなのだろう、この年はじめて氷が張った冷たい朝、脳溢血の発作に襲われたのである。その後、妻として、母として主婦としてのすべては病に奪われてしまった。その後二十年間、右半身不随の不自由な毎日を過したのである。犀星五十歳、私は女学校三年生、弟は小学校六年生であった。しかしその二十年間、二度目の発作はついに起きなかったのである。元来のどかな、おおらかな性格であった母は、僻みもせず、俳句をよみ読書をし、猫を愛して誰とも仲よく日を送り、晩年を迎えた。

あの大きな戦争を挟んで、母が生命（いのち）をながらえることが出来たのは、犀星の広い、深い愛情があったからこそである。

母の急な病気によって、犀星の心はどれほど傷つき、哀しかったことだろうか。その頃女学生であった私は、その哀しみの十分の一も理解出来なかった。

と記している。そうして、犀星作品の調査中、詩「阿呆の歌」（「蝋人形」昭和十四年四月号）と「燦爛たる金色」（「会館芸術」昭和十四年七月号）を雑誌で見つけて「胸をしめつけられる思いであった」と述べている。この詩は「犀星のどの詩集にも、収録されていない」といい、「阿呆の歌」は「妻は病みほほけ／ふたたび起つあたはざれば／春は／わが家には来たらざるなり。／我はすこやかなれど／心は重く亦哀しく／ものごとに鬱しやすく／されど怒らんとはせず／怏々として楽しまざるなり。／かかるわが家に／何の春ぞや（以下略）」という作品で、「燦爛たる金色」は前半部分は略するが、「もう半歳であつた。／秋と／冬と／そして我が家に春はたうとう来なかつた。／いまは五月も終るのに／彼女は這ひも起き上ることもできずに／脳溢血の戰ひのあとに／少女のやうに毎日笑つてゐた。／僕はどうすればい丶のか分らなかつた。」という詩である。犀星の周章狼狽、途方に暮れたさま、煩悶がうかがえる。「怒らんとはせず」という表現に犀星の哀しみ、優しさが滲み出る。

また、朝子は『雪の墓』で「女学校三年の秋に母が突然の脳溢血で倒れ、生命はどうにかとりとめたものの、その後母はあの大きい戦争を間に挟んで、亡くなるまでの二十年間を、右半身不随の不自由な身体で生活をしていた」と記す。また、北陸の駅長を務めた伯父が常に犀星一家の大工仕事をしたり、とみ子を抱えて車や列車に乗せたことなどを感謝をこめて綴っている。とみ子が他界したとき、「伯父は悲しさと緊張のあまり、血圧が二百にもなり、父をはらはらさせた。私たちがどれほど寝ることをすすめても、伯父は顔を赫くしながら、母の通夜の席に座っていた」と記している。妹思いの兄であったのだろうが、とみ子は誰からも好感をもたれる人柄であったのだろう。〈雪の墓〉とは、朝子が伯父の葬儀の翌日、野田山に眠る犀星・とみ子の墓参をしたことに依拠する。伯父の葬儀と雪中の墓参。朝子の心に深く刻み付けられた思い出が、本の表題となったものであろう。

とみ子について、朝子は『母そはの母』（東都書房、昭和三十五年）の中の「生涯の凝視」の条で「父は、私の表現出来得る最大の愛情よりも、もっともっと広い心で母をすっぽりと包んでいた」と記し、「母はよく言っていた」こととして、

「お母様程、倖せな女はいませんね。お父様がとても優しい人だから。」

母の言う、倖せな女という事は、あらゆる男性の条件、そして生活態度、総ての意味を含めての、女にとっての倖せである。その倖せの中には、母は身体の不自由という事を除けば、何ひとつ、欠けているものは無かったのだ。母がこの言葉を時たま言う時は、なんとも言えない安心しきった顔、私の一番好きな、母の顔であった。

と書き記している。そして、朝子は「いざ……という命の限度が、たとえきたとしても、母としては、生きられるだけ精一杯、そして不自由な身ではあっても、力の続く限り今まで生きてきたのであった。父のこの柔かい気持が無かったら、母は現在まで、命を保っているのは難かしかったであろう」と述べている。

とみ子には優しい夫と子どもたち、そして自分を思い遣ってくれるきょうだいがいた。とみ子はそのような人たちへの感謝の思いと共に、飼っている犬や猫に限りない愛情を注ぎ、花々を愛でる。そうした日々の営みを観察しながら俳句を作り、エッセイを書く。けなげで、ひたむきに生きた、倖せな一生

であった。

付記　引用の文は、原則として新漢字を使用した。

とみ子發句集

発行日　二〇一九年二月二〇日　初版発行
解　説　志村有弘
発行者　加曽利達孝
発行所　鼎　書　房
〒132-0031　東京都江戸川区松島二-一七-二
TEL・FAX　〇三-三六五四-一〇六四
印刷所　イイジマ・TOP
製本所　エイワ

ISBN978-4-907282-52-3 C0092